Les Oursons Berenstain

ONT LE TRAC

Programme

Les oursons prennent plaisir
À jouer, chanter, danser et lire.
Mais une fois sur scène,
Ils éprouvent de la gêne.

PREMIÈRES EXPÉRIENCES

TRAC

Grolier Limitée MONTRÉAL

Dépôt légal, 2e trimestre 1987
Bibliothèque nationale du Québec

ISBN 0-7172-2222-5

1234567890 ML 6543210987

En allant à l'école un matin, Sœurette, Frérot et leur cousin Frédéric discutaient de leur professeur, sujet très important pour les trois oursons-écoliers.

«Monsieur Lebrun est sévère, mais juste», dit Frédéric qui était dans la même classe que Frérot.

Frérot était d'accord avec son cousin. «Et ton professeur, comment est-elle?» demanda-t-il à sa sœur. «Gentille ou stricte?»

«Madame Leblanc n'est *ni* l'un *ni* l'autre», dit Sœurette. «Elle est bien, c'est tout.»

La cloche de l'école sonna. Il fallait entrer en classe.

Sœurette pensait que madame Leblanc était bien parce que ses cours étaient toujours intéressants. Ainsi, pour leur apprendre à additionner et à soustraire, madame Leblanc simula un magasin. Tout y était: les faux billets, la caisse-enregistreuse et les marchandises. Les oursons s'instruisaient tout en s'amusant beaucoup.

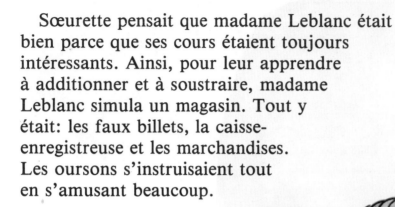

Pour le cours de vocabulaire, les élèves dessinèrent des affiches, ce qui les aida énormément à se souvenir des mots.

Quelquefois aussi, pendant la période de lecture, au lieu de simplement lire les textes, les élèves les mettaient en scène.

Depuis quelques jours, ils répétaient un conte, *Grizzlipoplissé*. C'était l'histoire d'un vieux lutin, ours bien entendu, qui était certain que personne n'arriverait jamais à prononcer son nom. Sœurette était la fille du meunier qui une fois princesse devait filer de la paille en or. Les élèves en étaient à la scène où la princesse avait encore une chance, une seule, de deviner le nom du lutin:

«Sire», lut Sœurette d'une voix haute et intelligible.

«Inutile de poursuivre notre jeu, car je crois pouvoir dire sans l'ombre d'un doute que Grizzlipoplissé vous vous appelez!»

C'est à ce moment précis que Grizzlipoplissé entra dans une rage folle et disparut dans un nuage de fumée. Quant à la princesse, elle fut heureuse pour le reste de ses jours.

«C'était très bien», dit madame Leblanc. «Et j'ai d'ailleurs une petite surprise pour vous. Je suis chargée cette année de monter la pièce de théâtre qui sera jouée à la fin de l'année. J'ai sélectionné *Grizzlipoplissé*. Et parmi vous, certains y joueront un rôle!»

Elle distribua ensuite les rôles. L'un d'entre eux portait le nom de Sœurette. Formidable! Sœurette allait jouer dans la pièce. Elle serait sur une vraie scène, avec de vrais décors. Elle porterait un costume et du maquillage!

Rôle de Sœurette

Il se trouva que Frérot et Frédéric avaient eu, eux aussi, un rôle dans la pièce. Frérot jouerait l'ours qui découvre le nom du lutin et Frédéric, le fameux Grizzlipoplissé.

«Quel personnage joues-tu?» demanda Frédéric à Sœurette.

Sœurette, qui n'avait même pas pensé à regarder son scénario, le sortit de son cartable et lut «LA PRINCESSE».

«Dis donc!» dirent Frérot et Frédéric. «Tu tiens le rôle principal!»

«Qu'est-ce que j'entends?» dit papa Ours. «Ma petite princesse va jouer le rôle d'une princesse! Dites donc il faudrait prévenir tout de suite grand-père et grand-mère Grizzli, et puis tante Maude et oncle Bertrand!»

«Calme-toi», dit maman à papa discrètement. «Sœurette va devoir travailler très fort et toute cette excitation n'est pas très bonne pour elle.»

«Oui, tu as raison, ma chérie», murmura papa.

«Pourquoi faites-vous tant de tra la la?» dit
Frérot. «Il ne s'agit que d'une petite pièce d'école.
Moi, je connais déjà mon rôle par cœur . . .

> «Prêtez-moi une oreille attentive,
> Chère princesse.
> Au plus profond des bois
> voici ce que j'ai entendu:
> L'enfant que la princesse aura
> sera à moi,
> car même si elle sait ce que font
> trois fois trois
> jamais elle ne devinera
> que mon nom
> est *Grizzlipoplissé!*

«Vous voyez», dit-il.
«C'est simple, non!»

Sœurette n'était pas
convaincue. Toute cette
histoire la rendait un peu
nerveuse.

Le lendemain, madame Leblanc envoya Sœurette porter un mot au bureau de la directrice. Sœurette décida de passer par l'amphithéâtre. Elle connaissait bien la salle, mais elle n'était jamais montée sur la scène. Comme elle paraissait immense!

Puis, elle imagina que tous les spectateurs avaient pris place. La salle était comble. Il y avait ses grands-parents, oncle Bertrand, tante Maude et tous les autres. À ce moment-là, la salle lui parut encore plus grande.

«Pourquoi fais-tu cette tête-là?» lui demanda Frérot à la sortie de l'école. Sœurette lui expliqua qu'elle se faisait du souci à propos de la pièce.

«Détends-toi. Il n'y a pas de quoi te tracasser. C'est facile comme bonjour», lui dit-il.

«Regarde, je peux réciter mon rôle en me tenant en équilibre sur la tête . . .

PRÊTEZ-MOI UNE OREILLE ATTENTIVE CHÈRE PRINCESSE...

en me pendant à une branche . . .

ou en me cachant dans un tronc d'arbre creux!»

Cousin Frédéric et toute la bande riaient à gorge déployée devant les pitreries de Frérot. Sœurette, elle, n'esquissa même pas un sourire.

Ce soir-là, Sœurette confia à sa mère ses craintes.

«Ce n'est pas la même chose de lire un rôle en classe et de se tenir toute seule sur scène devant toute l'école! Et en plus je dois apprendre mon rôle par cœur!» dit-elle en pleurnichant. «Je n'y arriverai jamais.»

«Mais si», dit maman. «Tu apprendras ton rôle comme tu apprends tes leçons. Ligne après ligne, page après page. Papa et moi t'aiderons, tu verras.»

«Et puis, pense à tout ce que tu connais déjà par cœur: l'alphabet, des dizaines de chansons, l'hymne national. En fait, je suis prête à parier qu'on pourrait remplir un livre avec tout ce que tu connais par cœur.

«Pour ton rôle, tout ce qu'il te reste à faire, c'est l'apprendre et le répéter.»

Et c'est ce que fit Sœurette. Elle apprit son rôle ligne par ligne, page par page.

Et elle le répéta.

Elle le récita dans sa chambre devant ses poupées et ses animaux en peluche.

CAR JE CROIS...

Elle le récita dans le bois devant ses amis.

POUVOIR DIRE SANS L'OMBRE D'UN DOUTE...

Elle le récita devant
papa et maman.

QUE GRIZZLIPOPLISSÉ VOUS VOUS APPELEZ!

«C'est magnifique, mon trésor!»
dit papa en applaudissant.
«C'est parfait!»

«Oui, je me débrouille bien», soupira Sœurette. «Mais ce n'est pas la même chose de réciter mon texte devant mes jouets, mes amis de la forêt, toi et maman que devant toute l'école. Comment puis-je m'exercer devant une foule?»

«Ma chérie», dit maman, «dans la vie il y a des choses pour lesquelles s'exercer n'est pas possible. Il faut les *faire,* c'est tout.»

«Et si j'ai le trac, et si j'ai peur . . . ?» demanda encore Sœurette.

«Mais tu auras *le trac*», dit maman.

«Comment ça!» s'exclama Sœurette.

«On se sent toujours un peu nerveux lorsqu'on joue devant un public—même les plus grands comédiens sont tendus. Mais si tu sais qu'il est normal d'avoir le trac en pareilles circonstances, tu surmonteras beaucoup mieux ta peur. Et en plus, tu seras fière de toi.»

«N'oublie pas non plus», ajouta maman Ourse, «que vous allez répéter la pièce dans l'amphithéâtre. Cela te sera d'une grande aide. Bon, où est ton frère maintenant? Je dois terminer son costume. J'aimerais bien qu'il prenne cette pièce un peu plus au sérieux.»

«Ne t'en fais pas maman», dit Sœurette. «Il peut réciter son rôle en se tenant en équilibre sur la tête.»

La répétition aida les comédiens . . . mais jouer devant une salle vide n'est décidément pas la même chose que jouer devant des spectateurs.

Le grand jour arriva enfin! L'école
du Pays des Ours présentait
Grizzlipoplissé. Le rideau
se leva . . .

PIÈCE DE THÉÂTRE
CE SOIR À
19 HEURES

Et seule, sur cette grande scène, se tenait Sœurette. Toute l'école était là. Il y avait *aussi* grand-père, grand-mère, oncle Bertrand et tante Maude. Certes Sœurette avait la gorge nouée et l'estomac un peu serré, mais elle se sentait excitée aussi. Puis, elle entendit quelqu'un réciter d'une voix haute et claire: «Je suis la fille du meunier, pauvre de moi! Mon père a raconté au roi qu'en or paille je savais filer. Mais en réalité, je ne puis faire un tel exploit!»

Il fallut une seconde à Sœurette pour réaliser que cette voix était en fait *la sienne!*

À partir de ce moment-là, tout se déroula à merveille. Ce n'est qu'à la fin de la pièce que les choses se gâtèrent un peu lorsque Frérot entra en scène. Vêtu de son superbe costume, il regarda les centaines d'yeux qui le fixaient dans la salle et . . . *il eut un trou de mémoire. Il n'arrivait pas à se souvenir de ce qu'il devait dire!*

«J'ai oublié mon texte!» murmura-t-il.
«Pourquoi n'essaies-tu pas de te tenir
sur la tête?» lui rétorqua doucement
Sœurette. Mais elle eut pitié de lui et lui
souffla ce qu'il devait dire.

La pièce se termina en apothéose.
Grizzlipoplissé entra dans une
rage folle et disparut dans
un nuage de fumée.

Les spectateurs applaudirent
avec enthousiasme.

Papa et maman rejoignirent Frérot et Sœurette dans les coulisses.

«Superbe spectacle!» dit papa. «Superbe!»

«Félicitations!» ajouta maman. «Vous avez fait du bon travail!»

«Ce n'était vraiment rien», répondit princesse Sœurette.